KB142819

지역음식시학총서 1  경북 울진

# 밤새 콩알이 굴러다녔지

건는사람

# 목차

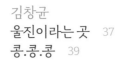

## 여는 글

콩은 우리 민족의 식생활과 가장 가까운 곡식 중 하나입니다.

우리의 어머니들은, 그 어머니의 어머니들은 부엌에서 재료를 정성껏 다듬어 음식을 만들어냈습니다. 철없던 시절 저는 어머니 치마폭에서 음식을 받아먹으며 자랐습니다.

어머니는 콩으로 된장과 고추장을 담갔고 간장을 우려냈습니다. 콩나물을 길러 먹고, 콩고물을 만들어 잔칫날마다 가족들은 웃으며 떡을 나눠 먹었습니다. 콩국물을 만들어 국수에 말아먹으며 여름을 났고, 두부를 만들고 남은 비지로는 장을 담갔습니다.

콩은 하루도 우리 밥상에 올라가지 않은 날이 없습니다.

음식을 만들던 노인들이 돌아가시면서 이제 그분들이 만들었던 음식 맛을 아무도 재현할 수 없습니다. 그 음식에 우리의 문화의 총량이 들어 있지만 사람들은 늘 새로운 것만 좇으려 할 뿐입니다.

소월과 백석부터 영랑과 그 후의 수많은 시인들이 방언과 모국어를 갈고 닦았고 지금 한국의 시인들도 울진 콩으로 만든 음식과 모국어로 시를 쓰려고 합니다. 시누대가 우거진 죽변길과 절벽을 향해 밀려오는 동해안의 파도, 울릉도로 가기 위해 관리들이 바람을 기다렸다는 대풍헌, 임진왜란의 슬픈 역사가 있는 성류굴, 관동팔경의 하나인 망양정과 울진 콩으로 만든 음식들이 종이 속에서 되살아나길 기다립니다.

– 2020년 새해를 기다리며 안도현

# 동그란 콩

권서각

동그란 콩, 콩콩 뛰어
빙글빙글 도는 맷돌 입으로 들어가
네모반듯한 두부가 되었네.

동그란 콩, 콩콩 뛰어
컴컴한 시루에 들어가 물먹고
음표가 되어서 오선지에 걸려 있네.

# 할머니 말씀

애야, 된장찌개를 잘 먹어야
몸이 튼튼해진단다.
애야, 콩나물을 많이 먹어야 키가 쑥쑥 큰단다.

언제나 밥상머리에서
염불처럼 외시던 할머니 잔소리

할머니 잔소리 다시 듣고 싶어도
지금은 하늘에 계셔서
들리지 않네.

# 최고의 검객

김경후

조선 팔도 무림 고수
누구나
콩 앞에서 실력을 겨눈다
얍! 싹! 착!
콩알 반쪽으로 자르기
아무도 콩에 칼을 못 대고 있을 때
홀연히 나타나는 천하의 칼잡이
빛보다 빠르게 칼을 휘두른다
톡, 떨어지는
콩알 반쪽

마침 지나가던 꼬마
떨어진 콩알 반쪽 맛나게 주워 먹는다
남은 콩알 반쪽
동생 입에 넣어주고
히죽 웃는다
조선 최고의 검객이 나타났다

# 콩 맛

가장 동그랗고
가장 까만 콩으로
콩!
아빠 엄마 잔소리에
세상 모든 잔소리에
콩!
마침표 찍고 싶다.
아, 고소해.

# 콩꽃

김남극

마당가 콩밭에
콩꽃이 피었어요

하얀꽃 보라꽃
주황꽃 노란꽃

마당가 콩밭에
콩알이 달렸어요

노란콩 까만콩
보라콩 자주콩

서로 만나 사귀었는지
알록달록 무늬콩

# 불영사 佛影寺에 가서

바닥이 보이는 날이었어
저 어디 깊은 곳에서 올라온 슬픔이 불영사로 나를 데려갔지
부처님 그림자라도 보면 그 슬픔의 목을 자를 수 있을까
해탈이 정말 있을지도 모른다고 생각하면서
단풍이 무채색 그늘을 남기는 길로
생각의 굴곡보다 더 구불거리는 가을 길을 따라서

슬픔과 미움이 뭐 별거냐고
세월에 익으면 다 용서되는 일이라고 말을 건네는
금강송 곁을 지나
백두대간 숨결을 뱉어내는 불영계곡 물소리 속을 걸어 닿은
절집 연못

부처님 그림자라도 볼까 해서 연못을 들여다보았지
구름도 하늘도 꽃도 바람도 다 지나고 흐르는데
부처님 그림자는 막연했어
불영佛影을 본다는 게 어디 흔한 일일까

영원한 건 없다고
나 같은 백면서생에겐
절집 추녀 끝에 매달려 작은 울음 우는 물고기처럼 처연한
생활만 있는 거라고
불영사는 나를 가르쳤지
슬픔의 깊이만 배우고 돌아선 순간 만난
천축산 부처님

부처님 그림자

# 무덤시 골*에서

김명기

재를 막 넘어온 가을을 따라
골짜기 끝까지 갔다

햇살이 비명을 지르며
벼랑 끝에서 뛰어내리고
산발한 콩 대궁 너머
구절양장 같은 개울이 흘렀다

자작나무와 굴참나무 사이
서까래 부러지고 구들장 구멍 난
허공의 집 한 채
가느다란 들보에 매달려
고엽처럼 흔들렸다

죽은 자의 혼으로 부활한다는 거미는
무너지는 집을 버리고
어느 이의 혼을 따라나선 것일까

*무덤시 골: 울진군 평해읍 월송리의 골짜기

16

지상은 오래된 잡화점 같고
길은 어느 구석으로든 다 통하지만
속절없이 낡아가는 찬란한 것들을 위해
세상은 멀리도 돌아 왔구나

길과 경지와 무뎌진 마음은
결국 같은 말이라
쉰 해를 살고도 닿는 발길마다
칼끝 같은 마음으로 선 나는
아직 경지에서 너무 멀다

큰 산을 다 집어삼키고도 남을
골짜기 끝에서
세간의 불안을 끌어안고
여울처럼 가쁜 생을 이어가는
티끌 같은 몸 하나
사는 일을 견디지 못하고 부러진

17

굵은 전나무 밑동 아래
그만 부려놓고 싶었다

## 죽변竹邊

포구에 일 나와 하릴없이 대기 시간만 길다. 닳을 대로 닳은 자줏빛 벨벳 의자 드러난 나무 모서리는 얼마나 많은 손금을 읽었는지 까맣게 눈이 멀었다. 엇갈린 생처럼 아무리 바로 앉아도 비스듬히 기울어지는 몸. 엉덩이와 찰랑대는 머리칼을 함께 흔들어 줄 레지도 없는 다방엔 주인인지 주방 보는 여자인지 어깨가 목보다 먼저 올라오는 가벼운 목례뿐. 죽은 자의 입에 쌀 한 줌 물리듯 엽차 한 잔 물리고 주문이라는 불투명한 말에 대해 재촉이 없다. 벽면 한구석 균형 잃은 누런 메뉴판엔 오래 앓고 있는 병명처럼 커피며 쌍화차가 점점 흐릿해져 가고 카운터의 너훈아는 간간 음정을 놓친다. 배달 간 레지가 돌아올 때를 기다려 물 커피나 두 잔 시켜 놓고 이 변방 포구, 낡아가는 호젓함에 대해 관제엽서 한 장 쓰고 싶지만 결국 당신에게 가 닿지 못할 말들. 실패를 불패처럼 안고 사는 생이 궁금해 소경이 된 의자 모서리에 자꾸만 공짜 손금을 내밀어 보는데, 그 사이 몸과 마음은 변방 작은 포구에 이는 파문처럼 하염없이 먼바다로 찰박찰박 떠밀려 간다.

# 울진 콩들은 꿩꿩 꿩처럼 울지

김륭

물고기자리별에서 내려다보면
좁쌀만 한 울릉도와 좁쌀보다 작은
독도를 훔치려는 도적들이 있어
울진 콩들이 나섰지

햇살 한 조각 파도 한 조각씩
머리띠로 두르고
수토사*가 된 콩들이 콩콩, 도적들을
물리치기 위해 대풍헌*에서
순풍을 기다렸지

태풍이라도 상륙하는 날에는 꿩꿩
울진 콩들은 장끼*처럼 울었지
좁쌀보다 작은 섬 하나 지키기 위해
울다 보면 태풍의 눈마저 가만히
콩으로 변했지

울진에 가면 꿩꿩, 꿩처럼 우는

콩들이 달보다 빛나지

오늘부터는 지구를 지킬 차례라며
까투리까지 불러 모아 꿩꿩, 동해 바다로
너울지는 울진 농부들의 땀과 피를
북방긴수염고래 등에 심지

*수토사搜討使 : 조선시대 말 울릉도와 독도를 지키기 위해 파견된 수군.
*대풍헌待風軒 : 수토사들이 배가 출항할 수 있는 날을 기다리기 위해
  머무른 곳으로 경북 울진군 기성면 구산항에 있다.
*장끼 : 꿩의 수컷. 암컷은 '까투리'라고 한다.

## 콩콩 초대 – 울진 콩밭에서 외계소년과의 1박 2일

행여 놀러 올 시간 있으면 여기로 와. 지구는 콩알만 한 별이니까 지도나 내비게이션 같은 건 없어도 돼. 눈 감고도 찾을 수 있을 거야. 엄마가 알면 난리가 나겠지만 걱정 마. 네가 목성이나 해왕성으로 학원 다닐 때 지구에 사는 아이들이 콩콩 머리 맞대고 서로의 마음을 여는 곳이야.

여기가 어디냐고? 깊고 푸른 동해 바다에 뿌리를 담그고 있는 울진의 콩밭이야. 우리가 없을 땐 귀신고래나 북방긴수염고래가 콩으로 빵이나 두부를 만들고 있을 거야. 널 위한 만찬을 준비하는 거지. 콩알만 한 지구에 그런 콩밭이 어디 있냐고? 쉿! 이건 절대 비밀이야. 울진에 오면 알아. 네가 타고 다니는 비행접시처럼 떠 있어. 어른들 머리 위에.

그러니까 가만히 눈을 감고 귀 기울여 봐. 귀신고래가 우는 소리가 들릴 거야.

지구에 사는 어른들은 참 한심해. 결핏하면 마음이 콩밭에 가 있다며 꽁꽁 머리를 쥐어박을 줄은 알지만 정작 이 지구에서 가장 멋진 콩밭이 어디 있는지도 몰라. 지구에 올 일이 있으면 가장 먼저 여기로 와. 집게발 들어 올린 대게들이 콩을 사러 오는 울진 콩밭에서 1박 2일 어때? 은하계 모든 별의 대표선수가 되어 어디 한번 붙어보는 거야.

콩콩 누가 더 잘 노는지.
콩콩 누가 더 잘 우는지.

* 2018년 발표한 「우주만화 2」를 개작함.

# 할머니

김성규

하늘에서 콩알처럼 빗방울이 떨어져요
할머니,
콩밭을 매던 할머니

푸른 콩밭 한가운데
작은 섬처럼
등이 굽어 콩밭을 매던 할머니

해풍을 맞으며 콩알이 여물듯
아이가 자라고
섬이 점점 커다랗게 자라

아무도 기억하지 않는
손바닥만 한 콩잎을 펼쳐보면
파도가 흰 편지지를 실어오면
백지에 할머니의 이야기를 써요

아무리 써도 끝나지 않을 이야기

호미로 평생 매던
돌밭에서 자라는 어린 메주콩에 대한 이야기
바닷가 모래알처럼 수없이 부서진 이야기

# 콩 타작

하늘에서 콩이 쏟아져요
콩이 지붕을

콩 콩 콩
콩 콩
콩

뛰어다니는 소리

오늘은 하늘에서
구름이 콩 타작 하는 날

어제 할머니가 밭에
콩알을 뿌렸으니
내일이면 콩이

콩 콩 콩 올라올까요

# 콩 맛

김신숙

잠을 자는 중에도
데굴데굴 양팔 사이로 굴러가
엄마를 꽉 안을 수 있다

울진 콩 맛 푹신한 맛

울릉도 바닷물이 구름 깍지 끼고
울렁울렁 울진으로 와 빗방울 떨어진다

구름 속에서 조마조마 머무르다
가파른 산비탈에서 야호 여기다 내려온
빗방울들이 옹크린 어깨를 편다

울진 콩 맛 동해 바다 기지개를 켜는 맛

독도랑도 가장 가까운 울진에서는
동해가 팔을 쭉 뻗으며 바닷물 콩깍지를 만든다

그 콩깍지 안에 옹크린 작은 섬

울진 콩 맛은
좌우로 나란히 뻗었다
두 팔로 안았다 출렁이는

동해 바다의 맛

# 폭풍 속으로

옛날 호랑이들은 새끼를 폭풍 속으로 보냈지 비릿한 바람이 먼 바다에서부터 불어오면 호랑이들은 새끼를 울진십이령 고갯길 지나 가장 가파른 울진으로 사냥을 보내지

호랑이도 날 때부터 용감한 것은 아니라서 새끼 호랑이는 산길을 걷다 나비가 다가와도 얼른 덤불로 숨어버렸지 시커먼 숲길을 걷다 보면 꼬리가 금강송처럼 꼿꼿하게 솟았지

엄마가 사냥한 식사만 하다가 아무것도 사냥하지 못한 새끼 호랑이

찬물내기에서 참 먹는 보부상들에게 먹을 것 좀 다오 말하고 싶지만 꾹 참았지 호랑이가 구걸을 할 순 없잖아

태풍이 불면 백두대간 호랑이들은 새끼를 폭풍 속으로 보냈지 폭풍 속으로 들어가 으르렁 으르렁 소리사냥을 보냈지

깊은 바다와 얕은 바다를 뒤집어 놓으며 사납게 우는 큰바람처

럼 돌덩이리 같은 두려움을 입 밖으로 단단하게 뱉어내라고 으르렁 으르렁 사나운 소리를 배우라고 호랑이들은 새끼를 울진으로 보냈지

폭풍 속으로 들어가 으르렁 으르렁 이길 수 없는 바다와 맞서면 귀가 먼저 뚫리지 울진십이령 고개로 폭풍이 넘어가면 코가 뻥 뚫리지 먼바다의 물비린내도 알 수 있는 호랑이 후각을 얻게 된 거야

귀 뚫리고 코가 뻥 뚫린 다음에 입이 어흥 하고 뚫리지 폭풍이 지나가고 나서야 새끼 호랑이도 폭풍 소리를 낼 수 있지|

# 콩알 협정

김진문

올해는 논에다 콩을 심었다.
농사 경험이 많은 동네 형님의 말씀!
땅 속까지 훤하니 꿰고 있는
비둘기를 조심할지어다.
설마, 그럴까?
콩을 심고 3일째 되던 날, 비둘기가 떼로 몰려왔다.
아예 저들의 식량창고인 양 마음 놓고 쪼아대었다.

안 되겠다 싶어,
나도 무장 보초병을 세우고 엄중 경계령을 내렸다.
비닐 허수아비 연을 장대에 꽂아 매달아 두었다.
사방팔방으로 조류방지용 반짝이 줄을 쳤다.
햇볕에 반짝이가 반짝반짝
바람에 허수아비연이 덜렁덜렁
보초다웠다.

비둘기가 평화의 새라고 읊은
어느 시인의 말은 수정되어야 한다.

펜 끝의 미사여구는 땅의 현실이 아니다.
비둘기는 지극히 생존본능에 충실한 날짐승!
지금은 겁대가리도 없이
엄중경계령도 개무시하고
유유자적 콩을 쪼아 먹는 새일 뿐이다.

나 또한 비둘기에겐 성자가 아니었다.
용감무쌍하게 그들을 내쫓기 위해
허수아비 연까지 하늘에 날리면서
서로가 서로를 불신의 끈으로 옭아매어
사팔뜨기 눈으로 흘겨보고
사랑은 멀고 증오는 가까운지 단 며칠 만에
친구도 동무도 아닌 엄중 경계하는 사이가 되었다.

우리 조상들은 콩을 심을 때
한 알은 새들에게, 한 알은 벌레들에게
한 알은 사람이 먹기 위해서 심었다고 한다.
이런 깊은 뜻도 망각한 채

콩알보다 작은 비루한 욕심을 싹틔우고자 한
참 속 좁고 옹졸한
멋대가리가 없는 농심이렷다!

7월 들판엔
콩잎들이 새들새들
비둘기 깃처럼 자랐다.
어쨌든 앞으로 콩 농사를 잘 지으려면
쫓고 쫓는 불신이 아니라
서로가 서로를 믿고 사랑하는
콩알협정이라도 체결해야 할까 보다.

# 천년대왕송


벼랑 끝에 서도 절망하지 않는다.
비바람 서리에 더욱 꿋꿋해졌다.
살아 천년
죽어 천년
그게 다 무어냐

뿌리 깊은 사랑 하나
나이테에 묻어 두고서
첩첩산골 산등성이
푸른 영혼을 가진
그가 살고 있다.


*천년대왕송은 울진군 금강송면 소광리 산11번지 해발 800미터(안일왕산성
둘레 벼랑) 금강소나무 군락지에 있는 금강소나무로 수령은 약 600년으로
추정한다. 이 일대는 풍광이 아름다운 금강송숲길과 옛길인 십이령보부상길이 있다.

# 울진이라는 곳

김창균

울진으로 가는 길은 멀다
거기엔 울울창창한 원시의 숲이 있을 것 같고
수줍은 말들이 곳곳에 숨어 있을 듯도 하다
순하디순한 산들이 바다를 곁에 끼고 사는 곳
항구 쪽 사람들과는 날것의 음식을 나누고 싶고
산협 쪽 사람들과는 겨울을 기다려
골방에 군불을 지피고 앉아
밤새 민화투를 치고 싶은 곳
금강송 나이테처럼 촘촘하게
나이 들고 싶어지는 곳

이 골짜기와 저 골짜기 사연들이 졸졸졸 흘러나와
왕피천에 말의 징검돌을 놓고
그 위를 건너는 그믐을 지난 달

부처의 그림자가 계곡 밖으로 걸어 나와
덥석 누군가의 손을 잡아줄 것만 같은
불영佛影, 그 먼 동쪽

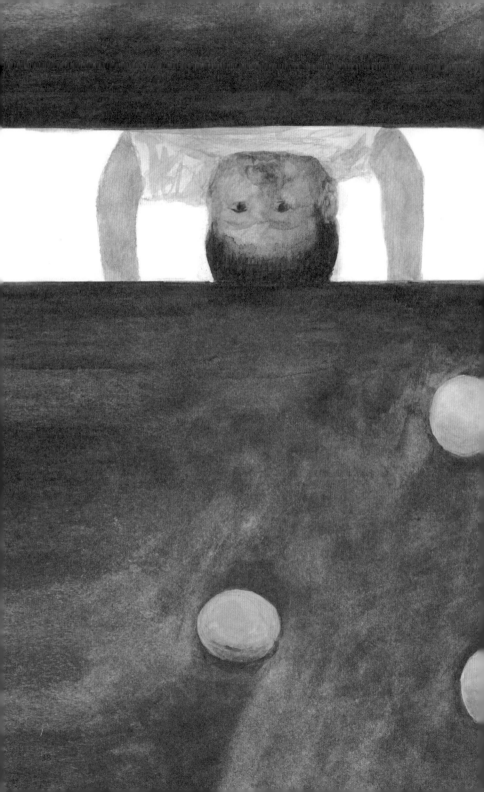

# 콩·콩·콩

콩! 하고 동생에게 말하면 마치 콩콩 심장이 뛰는 것 같아요
방바닥에 떨어진 콩들이 콩콩콩 튀다 장롱 밑으로 들어가버리고
아무리 장롱 밑을 들여다봐도 콩은 보이지 않아요
눈을 크게 뜨고 콩과 벌이는 숨바꼭질.
동생과 내가 엉덩이를 하늘로 치켜들고 찾아보는 콩.
바닥에 떨어지면 콩콩콩 소리를 내는 장난꾸러기 콩.
두부가 되기 싫어 장롱 밑에 숨어버리는 스카이콩콩 같은 콩.

# 콩밥을 맛있게 먹는 이유

김혜연

해가 뜨면
엄마의 목소리가 쏟아져
이리 콩 저리 콩
밥에서 잔소리 같은 콩을
한 개 두 개 골라내어
숟가락을 덮어 놓아

까만 날
이유 없이 미안하다는
엄마의 목소리는 돌멩이 같아
그림자 같은 자갈들이 굴러다녀

알약 같은 콩밥을 맛있게 먹으면
엄마가 다시 시끄러워질까
물 마시고 콩 꿀꺽
밥 삼키고 콩 꿀꺽

잠이 들면

콩만큼 자라
발효되면
엄마의 기도만큼 자라

해가 뜨면 엄마의 목소리가 쏟아져

## 콩집

작은 집 안으로
바람이 파도를 안고 와
비가 무지개를 끌고 와
달빛이 갈대숲을 데리고 와
돋아난 나는
눈이 없는 나는
귀가 없는 나는
그냥 나인 나는
기다려

# 협동이라는 말 - 어떤 셈법 2

남태식

협동이라는 말,
참 좋다.

하나에 하나를 더하여 온전한 둘이기만 하다면,
둘에 둘을 더하여 온전한 넷이기만 하다면,

모두 하나로 시작하는 동네에서 하나가 아닌
셋쯤에서 시작할 꿈같은 것 꾸지 않는다면,

셋에 셋을 더하여 여섯에 셋쯤을 더 남기려면
그 남기는 셋은 뻣뻣한 어깨임을 알고,

넷에 넷을 더하여 여덟에 넷쯤을 더 남기려면
그 남기는 넷은 거친 주먹임을 알아,

더하여 셋을 더하여 넷을
더 남길 궁리 같은 것 짓지 않는다면,

땀 흘리던 노동의 시절을 기억하고 노동으로
땀 흘린 만큼만 거둔다면 거두어 함께 산다면,

협동이라는 말, 조합해도 좋을 거다.
참 좋을 거다, 협동에 협동을 조합한 협동+조합.

## 재미

울진에서 죽변으로 넘어가다가 봉평해수욕장 못 미쳐 조립식
건물에 걸린 횟집 이름들이 신기합니다 영월횟집 태백횟집 영주
봉화풍기횟집 충주횟집 사람 부르는 이름인 거야 누가 봐도 알
수 있지만 그래도 참 재미있습니다 그 이름 몇 번 입 속으로 가만
가만 외우고 나면 시름 몇 개쯤은 파도 휩쓸려 어느새 저만큼 가
서는 그냥 사라집니다

# 구십 할미 콩 모종 다시 심는 까닭은

남효선

울진 온정 산중마을 비탈밭에서 구십 할미
장맛비에 쓸려간 콩 모종 한사코 움켜쥐며
한 포기 한 포기 옮겨 심는다.
손끝이 하늘하늘 흔들린다.

구십 할미 몇 남지 않았을 이승의 힘 모두 모아
장맛비에 귀퉁이만 봉긋 남은 밭뙈기에
한 포기 한 포기 옮긴다.
갓 난 손주 어르는 것 같다.

한 포기 옮겨 심고 은빛 머릿결 쓸어 올리고
한 포기 옮겨 심고 모진 세월 한숨 뱉는다.

먹을 양식이 턱없이 부족했던 시절
콩은 좁쌀보다, 보리쌀보다 더 소중한
식구를 살리고 후손을 만든 유일한 힘.

구십 할미 평생 좁쌀 한 줌 넣고 나물 한 줌 넣고

꾹죽을 끓이며
마지막으로 정성스레 담아 놓은 된장을 풀었다.

남의 논 소작 부치며 논둑에 총총 심은 콩 하나로
버팀해 온 세월

보름간 몸서리 나도록 내린 장맛비 그치자
구십 할미 힘없는 육신을 끌며
콩 모종을 다시 심는 까닭은.

# 씀바귀 꽃길 따라

영규할배 노환으로 자리에 눕자
어미소도 마굿간에 갇혔다
갓 코뚜레를 뚫은 송아지도
함께 갇혔다

쇠여물통에 갓 부어 놓은
콩깍지 여물
따스운 김 식도록
어미소도 송아지도 눈만 멀뚱거리며
종내 입을 대지 않는다

동이 트면
영규할배 밭길 따라
진개골 밭둑 이슬 털며
함께 나들던 칠십 년 세월

자운영꽃이 벙글고
엉겅퀴꽃이 보랏빛 향내를 풀풀 날리는

영규할배 평생 노동 길에
콩깍지 여물 먹고
누렁이 퍼질러 놓은
쇠똥 더미에 노오란
씀바귀꽃이 피었다
세 해째 자운영만 엉컹퀴만
홀로 무성하다

예순 해 전 세경살이로 쥔집에서 받은
배내기 암소 한 마리로
영규할배 삼 남매 키우고
손주들 키웠다

가을볕 따가운 툇마루에
영규할배 풀어진 눈망울이
누렁소 눈망울에
초생달로 고여 있다

# 콩밥을 지으며

문동만

엄마……

콩밭도 없는 세상으로 가셨으나
완두콩 남겨두고 가셨네

나는 살 빠져나간
콩밥을 지었네

맛있게 먹고
설운 일 덜 생각하며

풋콩처럼 살아라

# 마지막 콩밭

"이번만 심고 묵힐란다", 늙은 엄마들은 언제나 거짓말을 합니다 이번만은 언제나 몸이 다부서질 때까지 라는 말입니다 땅은 콩 줄기를 부추겨 엄마에게 엉겨 붙잡고는 놔두지 않았습니다 엄마의 콩밭에서 콩을 거두는 일은 엄마를 잠깐 땅에서 떼어내는 일일 뿐입니다

꼬투리가 먼저 벌어진 놈, 그늘에 숨어 아직 푸르딩딩한 놈 콩잎만 무성하니 아무것도 매달지 않은 놈, 모자란 우리 형제 같은 것들 그러모아 마당에 널어 놓았습니다 나는 이미 땅이 쥐어준 근력을 잃었는지 낫을 쥔 손목이 당신의 수전증같이 떨려 왔습니다 당신은 이 가을걷이만 끝내면 막내도 돌아오지 않는 집을 떠나겠다 했지만 그것이 아이의 변덕 많은 꿈처럼 몇 번이고 뒤집어지는 미망임을 알기에 나는 땅이 얼면 질은 밭이 되는 마당에 무엇을 뿌려 단단히 돋울까, 천식을 앓는 달그락거리는 숨소리로 구부정히 걷는 당신의 흙발을 어찌 면케 하려나 궁리하는 일로 가을걷이를 마쳐야 했습니다

나는 이 작은 채마밭이 묵정밭으로 늙지 않고 봄이면 마늘잎이 해풍이 오는 쪽으로 기웃거리고 여름이면 들깻잎과 옥수숫대가 담장처럼 둘러 이 가릴 것 없는 집구석의 슬픈 내력을 숨겨주

는 일을 그치지 않기를, 가을이면 쥐눈이콩 메주콩이 꼬투리를 밀어내며 기어이 세상 속에 콩콩 살아내기를, 늙은 엄마가 시누대를 꽂아 완두콩 넝쿨 지지대를 세울 때 한 번 펴진 허리가 다시는 굽지 않는 요술 같은 일이, 엄마가 검정콩을 골라 내 밥그릇에 넘길 때 귀 먹은 엄마의 귀가 뚫려서는 모자지간에 말 같은 말을 나누며 울어보며 웃으며 지금 이 콩밭에서는 이룰 수 없는 일이 한 번쯤은 와서, 세월이 한 번쯤은 뒤로 돌아가서 한 꼬투리 속에서 살았던 푸른콩의 시절이 오는 것이 무슨 죄가 되려나 싶었습니다

# 곰 잡으러 가자

문신

납작코 삼촌네 콩밭에서 따온 납작하지 않은 콩꼬투리 하나

꼬투리를 벗겼더니 다섯 개의 푸른 콩알이
내 작은 손바닥에 동글동글 굴러다녀

푸른 콩 다섯 알로 뭘 하지?

그래, 푸른 콩 다섯 알 쥐고
울울 진진 숲속으로 곰 잡으러 가자

콩 하나에 곰 한 마리
콩 두 개에 곰 두 마리

곰 잡아서 뭐하지?

그래, 푸른 곰 다섯 마리를 몰고 가서
울울 진진 콩밭에서 콩을 따게 하자

쑥과 마늘 먹는 곰 말고

콩 먹고 사람이 된 곰 이야기를 다시 쓰게 하자

# 밤새 콩알이 굴러다녔지

사냥 나간 납작코 삼촌이 돌아오지 않는 밤이면
나는 밤새 콩이나 깠지

월송정 가득 펼쳐 놓은 콩꼬투리가 도깨비 방망이 같아서

콩 나와라 뚝딱!
꼬투리를 딱 까뜨리면
금콩 세 알이
은콩 네 알이
또르르 또르르 굴러 나왔지

월송정 솔밭 너머 별들이
밤하늘에 쏟아진 콩알처럼 또르르 굴러다녔지

달도 서쪽으로 기울어 떼구루루 굴러갈 것 같았지

모래 언덕에 차르르 쏟아진 파도가
달빛이 까뜨린 콩알처럼

또르르 또르르

월송정 솔밭을 밤새 굴러다녔지

# 시로 쓰는 기행문 -울진 스토리텔링

박구경

태풍 이후
괜찮니? 피해는 없었지?
콩 농사는?
찢긴 우산이 심장을 들썩이며 움푹 팬

왕피천에서
거센 빗줄기 지나가고 따라서 바람도 지나갔으니 이제
서러운 마음 툭 털어내고 동해로 흐르자!

월송정越松亭에서
솔숲의 향과 잠시 함께 지내다가
속울음 들썩이는
선조들의 시판을 우러러 읽어도 보고

대풍헌待風軒에 들러
바람을 기다릴 일이다

시인을 몰고 다니는 비는

이현세 만화 거리까지 따라와
이장님의 눈물겹게 푸른 열정 속으로 스며들어
햇살 밝은 꿈을 꾸고

성류길 빵집에서
울진 콩으로 갓 구워 낸 비의 온도가
여주인의 마음 같은 날, 시인님들!
봉지 빵 하나씩 품고 돌아와

그리움이 푸른 파도로 출렁이는 시를
쓰고 노래하며 오래 느껴볼 일이다

언제고 아른거릴 것만 같은 희부옇고 그런 것

민물고기 생태 체험관에서
낮에 만난 안도현의 눈 맑은 연어가 알은체하는 손짓들을
밤새 애써 꿈을 꾼다

# 어머니 젖알 -울진 콩

동해의 바람이 아침 해를 밀어 올려
어머니에게 건네주면

비알진 땅에 햇살은 다글다글
콩콩콩 박히고

콩밭 고랑고랑
어머니 땀방울이 따스하게 스몄는가 보다

느리게 굽은 어머니는 머릿수건 쓴 큰 달팽이

온갖 거짓과 폭력이 난무한 시대
거리에서 들려오는 울울한 심사를 뒤로하고
마주치는 곳마다 햇살 잘바닥거리더라니

눈부시다!

콩이파리 파도가 들판을 온통 덮어 너울너울

반짝반짝,

완만한 언덕길 따라 방울방울 쌓인 젖알,
가을볕에 여문 콩의 기운이 생업으로 근질거리는

이 무엇?

이 세상 어느 곳에서나 살아야 할 대부분이다

# 죽변 어판장

박승민

울진 사람 이천근 김만석 안달수 최선심
그리고 베트남 사람 흐엉 응우엔 등등이

밤새도록 그물을 내리고
밤새도록 그물을 올려서

동해나 일출이 내어주는
붉은 물길 따라 어판장에 첫배를 댈 때

아직 살아 있는 울진 대게의 앞발들이
허공 가득히 곰지락거리고
먹물 줄줄이 뿜어대는 흰 오징어 떼들

헐떡거리는 리어카와 경매사의 손놀림과
오징어 배를 벌써 갈라놓은 후포댁의 빠른 칼놀림
칼질보다 더 들썩거리며 한입 가득 문,
소주와 초고추장에 묻은 동해의 살맛

죽변의 맛

# 울진군 매화마을 콩을

울진군 매화마을 콩을 훑어서
망양정 앞바다의 심층수로 푹푹 치대어 씻어서
가마솥 걸어놓고 한나절 장작불 때고 싶네

구주령 넘어 백암온천 사나흘 눈은 내려
오는 사람 오지 못하고
가는 사람 가지 못할 때
온천물에 따뜻하게 몸 덥히고
막 김 오른 두부를 듬성듬성 썰어
고춧가루 환한 김치와 한입 가득 넣을 때

구주령 넘어 백암온천
한 일주일 눈은 더 쌓여도 좋겠네.
오지도 가지도 못하는 마음을 한 이불에 눕히고
순두부와 열무김치가 서로 몸 섞는
끓어 넘치는 애정행각이나 눈치껏 맛보면서
살아가는 한시름의 눈이 풀릴 때까지
석 달 열흘, 푹 익었으면 좋겠네.

# 두부를 먹으며

박주하

곧은 마음이 아무리 강직해도
배를 열기 전에는 속내를 알 수 없고

뱃속을 열어도
천 갈래 만 갈래 떠돌던
바람의 뜻은 더욱 헤아리기 어려워라

외로움과 누추하게 마주 앉을 때
두부만큼 부드럽고 만만하게
목구멍을 넘어가던 게 또 있었던가

이렇게 묽어지려고 더 강해지는 길을
이렇게 사려 깊어지려고
흰 정성 한 톨 품어내는 끈기를
한 알의 콩은 알고 있었으니

고독은 부디
저 가을볕에 몸 섞는
단단한 콩알만큼만 여물어라

## 죽변리에서

허공을 뚫고
날아가는 새 떼를 봅니다
여기는 폭풍 속입니다
등대처럼 서서 우산을 기다립니다
죽변 바다를 끼고 어디론가 가는 사람이
우산을 들고 온다는 말만큼 경이롭습니다
바람의 방향은 묻지 않을게요
오늘의 소식은 더디게 흘러가
당신의 젖은 어깨에 스밀 것입니다
새처럼 나도 어디론가 갑니다
누가 당신의 이름을 부릅니다
비를 맞으며 마음을 이어 붙이며
당신의 뒷모습을 이해합니다
새 떼처럼, 파도처럼
앞에서 부르면 뒤에서 답하는 날입니다
돌아보지 않고 날아가는 생각들
대답을 하다가 모자란 날들은
죽변리 언덕에 남겨두겠습니다

# 울진 두붓집

안도현

하룻밤 콩을 불리는 동안 너는 내내 울었겠다

불어터진 것들은 모두 슬픈 것들이라는 걸 나는 알았지만

네가 다시는 찬물에 손을 담그지 않겠다고 했을 때는 너를 설득하지 못하였다

너의 두붓집 굴뚝 위를 바라보는 일이 나의 직업이었다

뒤늦게 너의 아버지가 콩물과 비지를 나누는 것을 보며 깨달았다, 나는 죽어도 김이 오르는 두부가 되지 못한다는 걸

두붓집 양철 간판을 돌아보지도 않고 너는 집을 떠났겠다

눌러야 단단해지는 것이 어디 두부뿐이랴

나는 해변 비탈의 콩밭 칠백 평으로 남아 있다

콩을 품고 있던 콩깍지의 빈방에 두부가 끓고 있다

# 콩자반

콩아 콩아
까만 콩아
내 젓가락 끝에
매달려봐

매달릴 수 있어?
네 손을 뻗을 수 있어?

젓가락 끝에 안 매달리면
내가 냉큼 집어먹을 테야

# 콩 콩 콩자로 끝나는 말은?

안상학

잭과 콩나무 작두콩
다섯 개의 완두콩

고추장 된장 간장 메주콩
콩자반 콩가루 두부 콩죽 흰콩

콩나물은 나물콩
숙주나물은 녹두콩

어흥어흥 호랑이콩
또랑또랑 쥐눈이콩

강냉이도 아닌 것이 강낭콩
병아리도 아닌 것이 병아리콩

집지킴이 울타리콩
할머니 할아버지 지팡이강낭콩

땅 땅 땅속에는 땅콩
딱콩 딱콩 하늘 나는 불콩

엎혔을 땐 가슴 콩콩
한눈에 반한 친구는 심장이 콩콩

콩콩 뛰는 스카이 콩콩
콩 중의 왕콩 킹콩

나물콩

호랑이콩

강낭콩

메주콩

완두콩

작두콩

쥐눈이콩    녹두콩

# 범버꾸 얌얌

콩을 뽑아 콩서리
짚불에다 콩을 구워

너는
꼬챙이로 땅바닥 두드리며
범버꾸 범버꾸 소리 내며 먹고
나는
두 손을 호호 불며
냠냠하며 먹을게

아냐 아냐
내가 얌얌 먹을게
네가 범버꾸 하며 먹어

티격태격 콩서리
손도 입도 얼굴도 새카매져
어느새 어흥어흥 귀신놀이
고소하고 정겨운 콩서리

# 콩알

유강희

난 콩알만 해
엄마도 콩알만 해
선생님도 콩알만 해
학교도 축구 경기장도
에베레스트 산도
태평양도 지구도
멀리서 보면
다 콩알만 해
심지어 우주도
우주 바깥에서
보면 콩알만 해
그러니까 이담부터
나보고 콩알만 한 게
뭘 안다고 이런 말
하면 안 돼요

# 두부와 콩

두부 사서
콩밭 옆 지나는데

콩밭의 콩이
콩콩 울고

봉지 속 두부도
콩콩 울고

# 콩알만 한 놈이라고

이병초

내 작은 몸을 두고
콩알만 한 놈이라고
놀리지 마세요
내 몸은 작아도
울진 앞바다 파도 소리가 쟁여져 있고
월송정에 솔바람 소리도 적혀 있어요
보세요, 제 손등에
고래 등에서 뿜어오르는 두 갈래 물줄기를 갈쿠리로 찍어온
아저씨들 숨소리가 꿈틀거리잖아요
몸이 허약한 이들을 건강하게 해주는
내 몸의 이름은 콩!
다시는 콩알만 한 놈이라고 얕보지 마세요

## 왕피천의 노래

동네 아줌마들이 우리 집에 모였어요
콩자루가 토방에 가득하고요
아궁이에는 장작불이 활활 타네요

샘물로 씻어서 대소쿠리에 건져진 콩은 이제
가마솥에 들어갈 거예요
그 콩이 푹 익으면 바가지로 퍼서
절구통에 담겨지겠지요

아줌마 두 분이 마주 서서
절굿대로 콩을 찧기 시작하네요
동그란 콩알은 여지없이 몸이 뭉개지고요
한 아줌마가 주걱을 들고
절구통에 뭉개진 콩을 이리저리
뒤적거리네요
절굿대에 뭉개진 콩은 뭐가 되나요?

메주가 되지요

푸르게 곰팡이 먹고 자란 메줏덩이는
간장 속에 담겨졌다가
우리 몸을 살리는 된장이 된다고
왕피천이 바다로 계곡물을 보내며 알려줍니다

# 물고기 극장

이설야

지난해는 은어 떼가 많이 돌아왔다고 누군가 등 뒤에서 말했다
유리벽 안에 갇힌 은어들
박제된 수리부엉이 눈 속에서 보았다

태풍의 기억이 물 안에서 흔들리고
물결은 물고기들의 그림자를 놓치고
나는 물속의 산책자가 된다

꿈에 물고기의 반이 내 가두리를 빠져나갔고
부두로 달려간 사람들이 들고 온 물고기들을 세다가 잠에서 깼다
나는 부두로 달려간 사람들의 표정을 하고서
은어 떼의 물결 속으로 들어갔다

새로운 날씨를 물속에 새기는 오늘
은어다리를 건너가던 별들이 물고기 극장 위에 떠 있다

# 콩

누구의 심장일까?

땅을 두드리면서 디디면서
매일 밤 다른 그림자를 늘리듯이
엉킨 줄기들이 평야를 늘리듯이
바짝 웅크린 채로
땅의 핏줄을 타고 뿌리를 늘렸다

숲속에서 태양을 꺼내 오듯이
다만 서로 빛이 되어 주며
매일 땅의 심장을 밟으며
천천히 익어가며

하늘을 힘껏 밀어올렸다

# 단짝 콩

이장근

콩 껍질을 떠나기 전날 밤
단짝 콩이 새끼손가락 걸고
약속을 해요

우리 헤어지더라도
꼭 다시 만나자

난 된장 되고 넌 두부 되고
아니 그 반대가 돼도 좋으니까

된장찌개 뚝배기에서 만나
보글보글 밀린 이야기 나누자

# 나처럼 걸어 봐

금강소나무 숲길을 걸을 때는
나처럼 걸어 봐

마음에 드는 소나무를 만나면

걸음을 멈추고
눈을 감고
숨을 깊게 들이마셔 봐

한 숨 두 숨

어때?
소나무 숲이 콧속으로 들어오지?

이게 바로
코로 걷는 금강소나무 숲길이야

# 생명의 울진 콩, 콩, 콩

이종암

지난 2019년 10월 5일과 6일, 1박 2일에 걸쳐 <시인과 함께 하는 울진 콩 스토리텔링>이 있었다 '울진콩6차산업클러스터사업단'에서 주최한 이 행사에는 울진 금강송을 노래한 안도현 시인이 초청 강사로 오고, 서울 대구 부산 인천 진주 김해 평창 고성 포항 안동 영주 등 전국에서 수십 명의 내로라하는 전국의 시인들이 참여하였다. 그런데 행사 이틀 전날 강력한 태풍 미탁이 경북 울진에 들이닥쳐 그야말로 쑥대밭이 되었다 시장과 시가지가 물에 잠기고 집이 무너지고 자동차가 떠내려가고 또 다리가 끊어져 떠내려가고 길이 끊어지고 사람이 떠내려가 소식도 없고, 울진의 땅과 바다와 사람들 그저 먹먹하고 막막하였다

우리나라에서 가장 아름다운 땅, 조선 제일의 화가 겸재 정선과 시인 송강 정철이 일찍이 절경絶景을 그림 그리고 노래한 곳이 바로 울진이다 지역의 풍광과 기후는 그 지역 사람들 살림살이의 빛깔과 한가지라는 옛사람의 말씀 하나도 그르지 않다 태풍 미탁에 먹먹하게 상처 입은 울진의 사람들 쓰러진다고 그냥 포기는 없다 그날 내 눈으로 직접 봤다 바닷가 늙은 어부 찢어진 그물을 깁고, 산골에 홀로 남은 허리 꾸부정한 할머니 논에 쓰러진 벼를 일

으키며 함께 일어서고, 물에 잠긴 시장 가게를 씻고 닦아 가게를 열어 손님을 맞이하며 그렇게 다시 산다 '울진콩6차산업클러스터사업단'의 산골이야기, 박주명가, 성류길 빵, 솔담콩, 청해 토종두부, 우리진, 매매떡, 매야전통식품, 울진중앙농업협동조합 사람들 그들이 생명의 울진 콩, 콩, 콩 들이다. 가문 땅 위로 콩 싹이 나듯, 태풍 뚫고 왕피천에 연어가 돌아오듯 울진의 콩, 콩, 콩 들이 다시 생명의 길 당당히 걸어간다

# 울진 금강송, 황장목


황장봉계금표* 너머 네게로 갔네
울진 소광리 금강송

붉은 네 허리 한 폭 잘라
버들치 눈 말똥말똥 뜨는
맑은 물속에 담그고 또 담가
그 빛깔 더욱 깊으면
내 여인의 치마를 엮어줄까

저 속에는 일출과 일몰의
빛깔 다 들어 있어, 나
까짓것 그 속에서 실컷 놀겠네
한세상 붉게 타오르겠네

그런 다음, 왕족의 관을 짜든
백성의 지게를 짜든
더 보탤 말 하나 없겠네


*황장봉계금표黃腸封界禁表 : 옛날 왕족의 관을 짤 양질의 소나무인
 황장목黃腸木을 베어내지 못하도록 나라에서 바위에 새긴 푯말.

# 울진 콩의 노래

이종주

정월 대보름에 콩점이 되거나
입춘에 군것질이 되거나
추석에 송편 고물이 되면 어떠랴
가끔씩은 콩죽이 되어도 좋고 콩가루가 되어도 좋다
손두부가 되고 순두부가 되어
허기를 달래주다가도
콩나물 해장국이 되어 서럽고 고달픈 인생의
쓰린 속을 달래주면 또 어떠랴
폭염과 폭풍 속에서
왕피천 물소리 들으며 꽃 피우고 열매 맺는 일
쉽지 않았다
콩알 같다고 무시하지 마라
햇빛 달빛과 새소리
왕피천 물소리와 동해 바람
서정과 서사의 굴곡진 길
용케도 지나왔으므로
나는 비로소 이름 하나 얻었다.
비록 짧지만 고소한 노래 한 곡 얻었다

# 울진 친구를 그리워하다


울진 산포3리 바닷가에 집 한 채 있다
어릴 때부터 총명한 친구
온 집안 기대 한 몸에 받던 친구
80년대 민주화 운동으로 투옥된 이후
어머니는 옥바라지
형님 누나들은 생존 투쟁
출옥 이후
세월은 화살처럼 지나
흰머리 날리는 친구
막내아들로 어머님 모시다가
결국 어머니 돌아가시고 큰형님 돌아가시고
쓸쓸히 파도 소리 벗 삼아 '저 무욕의 땅'을 찾는 친구
울진 금강송 군락지도 보호하고
왕피천도 보호하고
남북 경협도 추진하고
이제 콩이나 해방풍이나 뭐 그런 걸로 환경 운동하는 친구
혼자서도 핵 반대하는 친구
할 일은 많은데 세월이 빠르구나

가끔씩 친구 집 데크에 앉아서 함께
월출을 기다리던 순간 눈에 밟힌다
온 산을 헤매며 캐온 송이랑 파도 소리 들으며
술 마시던 시간
다시 오겠는가
더불어 조용히 늙어가는 일몰의 시간이 오겠는가

# 울진 콩

이진희

매화리 너른 콩밭
꼬투리 꼬투리마다

푸르른 울진 바닷바람과
천년 금강송 솔향기가 키운
또록또록한 콩알들

톡, 톡 또 르 르
구르고 또 구른다

계절마다 땀 흘린 농부들
커다란 보람이 되려고

맛 깊은 된장 간장
고소한 두부 청국장 되려고

물 맑고 깨끗한 울진의
둘도 없는 자랑이 되려고

# 바람을 기다리며 -대풍헌에서

바람을 기다린다
부드러운 바람

그대도 나도
한 번은 가야 하는 그곳
그곳은 아득하다

바람을 기다린다
부드러운 바람

그대도 나도 언젠가
가야 하는, 가면 돌아오지 못하는
어쩌면 그곳은 아주 가깝다

바람을 기다린다
부드러운 바람

붉은 등대의 붉은 마음처럼
흰 등대의 묵묵한 자세처럼

# 콩을 위하여

임동윤

하지 무렵, 금강송면 쌍전리 비탈밭
어머니 흰 수건 두르고 뜨거운 고랑에 오른다
무딘 호미의 날이 흙덩이를 뒤집을 때마다
푸른 콩이파리들이 어머니 얼굴을 훅훅 친다

주르르 흘러내리는 등허리의 땀이
바작바작 타들어 가는 입술이, 중얼중얼 콩밭을 맨다
더위에 지친 신갈나무를 바람이 흔들어도
팔랑팔랑 무성한 잎들만 까맣게 얼굴로 쏟아져 내린다
노랗고 통통하게, 살진 놈을 기다리며
어머니 밭고랑마다 초여름을 뜨겁게 풀어놓는다

저것들,
고랑마다 넘쳐날 어머니 탯줄 같은
크고 튼실한 열매들, 저들을 키운 것은 땅이 아니라
어머니 종아리에 퍼렇게 내비치던 거미줄이라는 것을
안다, 나는
그해 유난히 무덥던 하지 무렵

주름진 정수리마다 자글자글 들끓던 땡볕이

야윈 등허리를 빨갛게 태웠던 것도

## 메주의 시간

군불 지핀 시골집 아랫목에서
노릇노릇 익어가는 황금 덩어리
맑은 바람 불러들여서 쩍쩍 금이 가도록
파릇파릇 곰팡이꽃 곱게 피워 올리네
마를수록 쟁여두는 속살은 무화과 속살로 익고
새로 눈뜰 아침을 위하여
콩알마다 열리는 거미줄 같은 끈끈한 귀
환하게 열리는 눈이 수천 개의 방을 거느리네

이 엄동 지나면 시렁에서 내려와
오지항아리 속으로 이주해야 하는,
이제 비로소 보이네, 콩알 하나하나
서로 몸 포개고 숙성하는 둥근 음표들이…
비바람 천둥 번개의 밤 흘려보내고
다만, 기다림으로 노릇노릇 익고 있네
달빛에 익은 몸들이 한껏 문을 열고
먼 산 까투리 정겹게 울 때쯤
머리 위로 순한 바람은 지나갈 것이고
연둣빛 물그림자도 아른아른 눈뜰 것이고

# 된장국

임동학

1

할머니네 밭에서
함께 자라던

배추야,
무야,
대파야,
고추야,

우리가 이렇게
또 만날 줄이야!

2

누구였더라?
느닷없이 퐁당 뛰어들어

구수하게
우리들을 감싸는

어디선가 본 것만 같은


쟤는?

## 콩씨들

간장
된장
고추장

색깔도 다르고
맛도 다른데

얘들이 한자리에서 만난다면
서로서로 알아보기나 할까?

처음 만난 것처럼 서먹서먹해한다면
내가 조곤조곤 얘기라도 해 줄까?

뭔가 서로 땡기는 게 없냐고
잘 기억해 보라고

너희들은 다
콩씨네 핏줄이라고

# 콩의 노래

정진실

지난밤 꿈에서
이웃 나라 왕인 나는
이곳 금강송의 나라*로 피신했지
수토사* 동해 먼바다 바라보며
대풍헌*에서 순풍을 기다리듯
시인 묵객은 망양정과 월송정을 노래하고
우뚝 솟은 금강송
하늘에 이르러
성류굴은 수만 년 깊은 잠 깨어나고
부처바위 연못에 비치는데

흘러내린 불영사 불심佛心

왕피천* 들녘을 적시고

백성의 땀은

알알이 야물게

야물게 영글지

*안도현 시 「울진 금강송을 노래함」 중
* 조선시대 울릉도와 독도를 관리(수색하고 토벌)하기 위해 파견했던 사람
*수토사가 배를 타기 전 순풍을 기다리며 머물렀던 곳
*경북 영양군에서 발원하여 울진군을 지나 동해로 흐르는 하천.
  옛날 실직국 왕이 피난 왔다고 해서 왕피천이라 부르게 되었다고 함

# 불영사 귀부*龜趺

절집 연못으로 내려온 부처바위*는
다시 동해를 꿈꾸며
불심을 광천*으로 흘려보내는데
오로지 대웅보전 받들어
천년 세월 바위산 불의 기운 누르고 사는,
자비를 아는 두 귀부는
오히려 부처이리라
때로는 금강송 붉음에 놀라지만
그럴수록 더욱 정진하지
부서지는 고통 없지 않지만
앞마당, 석탑의 미소로 자세 가다듬고
대웅보전 무거운 업보
불경으로 다스리지

* 대웅보전 정면 기단의 하부에 있음. 화재에 취약한 목조건물에 불을 막기 위한
  벽사辟邪의 의미로 감입嵌入된 것으로 추정
* 불영사 서쪽 산등성이에 있는 부처님 모양의 바위
* 울진군 금강송면 하원리에서 발원하여 불영계곡을 지나 하류에서 왕피천과
  합류하는 하천

# 망양정

최백규

숲속으로 들어갈수록 숲은 짙어졌다 너무 많은 먹구름이 지나
갔다 물새가 흩어지며 울 때마다 망망했다 나무들은 숲의 안쪽
으로 몸을 감싸 안는데 해변 위 무덤가에서 숲 이외의 것들이 이
상하리만치 피어오르고 있었다

## 울지중앙루

버스터미널 건너편으로 불꽃을 터뜨리는 학생들이 떼 지어 몰
러다녔다 축축이 젖어 흩어질 때 벌써 어른이 된 듯한 냄새가 풍
겼다 돌아온 나는 늦은 저녁상을 물린 뒤 주말 오후에 너와 죽변
항 쪽으로 나가 볼 궁리를 하며 마루에 누워 있었다 밤새 천변을
따라 흐르는 바람을 듣다가 잠이 들었다

# 폭풍의 언덕

최지인

우리는 울었다 파도 앞에서
폭풍의 언덕에 선 나를 치며
바람이
한반도를 치고 지나갈 때

그리고 소리쳤다 바다 앞에서
우리는 나아간다
우리는 나아간다

한반도로 몰아치는 폭풍 앞에서
새로운 걸음으로
콩알만 한 목소리가
거대한 파도가 되고
거대한 해일이 되고

우리의 목소리가 한반도 너머
세계의 파도를 밀어내며

울진 바다 끝에서
저 너머 만주와 시베리아를 거쳐
지구를 돌아
평화의 조그만 목소리로 소용돌이 칠 때까지

콩빵

울진 콩들이 모여 수다를 떨다
서로 어깨동무를 하고 노래하다
가루가 되어 며칠 잠을 자면
부풀어 올라

구름의 노래를 듣고
콩콩콩 새들의 울음을 조금 섞어
둥지처럼 몸을 말고 :

콩

콩

콩

작은 둥지가 되어 사람들 앞에 섰네
날아 올라
날아 올라
새들의 날개처럼 사람들 손에 올라 앉아

전국 아이들 머리맡에
잠을 자는 꿈처럼
콩빵이 되어 놓여지네

# 울진 순비기꽃

현택훈

제주에서 보던 꽃
울진에도 피었다

순비기꽃
바닷가 따라
다리를 뻗었다

죽변항 마을에도
해녀가 있다

제주에서 보던 해녀
울진에도 피었다

## 울진에게

우리는 점점 멀어지고 있는 걸까
나는 이렇게 너를 기억하는데

너를 생각하면
파도 소리 나지 않는 바닷가 같아

네가 넘어졌을 때
난 왜 용기도 없이
네 어깨를 부축해주지 못했나

진심 울고 싶을 땐
너에게 가서 울게

울고 나면

콩밭이 그리운 두부처럼
내 마음 부드러워져
아침을 한입에 삼킬 것만 같아

너에게 가서 울게
진심 울고 싶을 땐

# 참여작가 약력

### 권서각

1951년 경북 순흥 출생. 1977년 조선일보 신춘문예에 시가 당선되어 작품 활동을 시작했다. 시집 『눈물 반응』『쥐뿔의 노래』 등이 있다.

### 김경후

1998년 『현대문학』으로 등단. 시집 『열두 겹의 자정』『오르간, 파이프. 선인장』 등이 있다.

### 김남극

1968년 강원도 평창 출생. 2003년 『유심』 신인문학상으로 등단. 시집 『하룻밤 돌배나무 아래서 잤다』가 있다.

### 김명기

1969년 경북 울진 출생. 2005년 『시평』으로 등단. 시집 『북평 장날 만난 체 게바라』『종점식당』 등이 있다.

### 김륭

1961년 경남 진주 출생. 2007년 강원일보 신춘문예에 동시가, 문화일보 신춘문예에 시가 당선되며 작품 활동을 시작했다. 동시집 『프라이팬을 타고 가는 도둑고양이』『삐뽀삐뽀 눈물이 달려온다』『별에 다녀오겠습니다』『엄마의 법칙』『달에서 온 아이 엄동수』, 시집 『살구나무에 살구비누 열리고』『원숭이의 원숭이』를 냈다. 지리산문학상, 경남아동문학상을 수상했다.

김성규

1977년 충북 옥천 출생. 2004년 동아일보 신춘문예에 당선되며 작품 활동을
시작했다. 시집 『너는 잘못 날아왔다』『천국은 언제쯤 망가진 자들을 수거해가
나』가 있다. 신동엽문학상, 김구용문학상을 수상했다.

김신숙

제주 서귀포 출생. 시집 『우리는 한쪽 밤에서 잠을 자고』가 있다.

김진문

경북 울진 출생. 월간 『어린이문학』으로 등단. 통일 그림책 『개구리』를 펴냈다.
어린이 글모음과 엮은 시집으로 『풀밭에서 본 무당벌레』『참꽃』『꿈밭』『마지
막 나무가 사라진 뒤에야』 등이 있다.

김창균

1966년 강원 평창 진부 출생. 1996년 『심상』으로 등단했다. 시집 『녹슨 지붕에
앉아 빗소리 듣는다』『먼 북쪽』, 산문집 『넉넉한 결』 등이 있다.

김혜연

2018년 『영남문학』 신인상으로 등단했다.

남태식

2003년 『리토피아』로 등단. 시집 『속살 드러낸 것들은 모두 아름답다』『내 슬
픈 전설의 그 뱀』『망상가들의 마을』 등이 있다.

**남효선**

경북 울진 출생. 1989년 『문학사상』으로 등단. 시집 『둘게삼』, 사화집 『길 위에서 길을 묻다』, 민속지 공저 『도리깨질 끝나면 점심은 없다』, 『남자는 그물 치고 여자는 모를 심고』, 『꽈리를 불다』 등이 있다.

**문동만**

1969년 충남 보령 출생. 1994년 『삶 사회 그리고 문학』으로 등단. 시집 『그네』 『구르는 잠』 등이 있다. 제1회 박영근작품상을 수상했다.

**문신**

1973년 전남 여수 출생. 2004년 세계일보, 전북일보에 시가 당선되었고, 2015년 조선일보 신춘문예에 동시가, 2016년 동아일보 신춘문예에 문학평론이 당선되었다. 시집 『물가족 북』 『곁을 주는 일』을 냈다. 경남작가상, 고산문학대상을 수상했다.

**박구경**

1956년 경남 산청 출생. 1996년 제1회 행안부 공모전, 1998년 『경남작가』로 작품 활동을 시작했다. 시집 『진료소가 있는 풍경』 『기차가 들어왔으면 좋겠다』 『국수를 닮은 이야기』 등이 있다.

**박승민**

1964년 경북 영주 출생. 2007년 『내일을 여는 작가』로 작품 활동을 시작했다. 시집 『지붕의 등뼈』가 있다.

박주하

1996년 『불교문예』로 등단. 시집 『항생제를 먹은 오후』『숨은 연못』을 냈다.

안도현

1961년 경북 예천 출생. 1984년 동아일보 신춘문예에 시가 당선되어 작품 활동을 시작했다. 시집 『서울로 가는 전봉준』『모닥불』『그대에게 가고 싶다』『외롭고 높고 쓸쓸한』『그리운 여우』『바닷가 우체국』『아무것도 아닌 것에 대하여』『너에게 가려고 강을 만들었다』『간절하게 참 철없이』 등이 있다. 시와시학 젊은 시인상, 소월시문학상, 노작문학상, 이수문학상, 윤동주상, 백석문학상 등을 수상했다.

안상학

1962년 경북 안동 출생. 1988년 중앙일보 신춘문예에 시가 당선되어 작품 활동을 시작했다. 시집 『그대 무사한가』『안동소주』『오래된 엽서』『아배 생각』『그 사람은 돌아오고 나는 거기 없었네』를 냈다. 고산문학대상, 권정생창작기금, 동시마중 작품상 등을 수상했다.

유강희

1968년 전북 완주 출생. 1987년 서울신문 신춘문예로 작품 활동을 시작했다. 동시집 『오리 발에 불났다』『지렁이 일기 예보』『뒤로 가는 개미』『손바닥 동시』, 시집 『불태운 시집』『오리막』『고백이 참 희망적이네』를 냈다.

이병초

1963년 전북 전주 출생. 1998년 『시안』 등단. 시집 『밤비』 『살구꽃 피고』 『까치독사』가 있다. 불꽃문학상을 수상했다.

이설야

2011년 『내일을 여는 작가』 신인상 등단. 시집 『우리는 좀더 어두워지기로 했네』가 있다. 제1회 고산문학대상 신인상을 수상했다.

이장근

1971년 경북 의성 출생. 2008년 매일신문 신춘문예 등단. 시집 『펀투』 『당신은 마술을 보여달라고 한다』, 동시집 『바다는 왜 바다일까』, 청소년시집 『악어에게 물린 날』 『나는 지금 꽃이다』 등을 냈다.

이종암

1965년 경북 청도 출생. 1993년 『포항문학』으로 등단. 시집 『물이 살다 간 자리』 『저, 쉼표들』 『몸꽃』 등을 냈다.

이종주

1957년 강원도 태백 출생. 1995년 『시인과사회』로 등단. 산문집 『세상에서 가장 지혜로운 101가지 이야기』 등이 있다.

이진희

1972년 제주 출생. 2006년 계간 『문학수첩』 등단. 시집 『실비아 수수께끼』가 있다.

임동윤

1948년 경북 울진 출생. 1968년 강원일보 신춘문예 시 당선, 1992년 문화일보와 경인일보 신춘문예 시조 당선, 1996년 한국일보 신춘문예 시 당선. 시집 『연어의 말』 『나무 아래서』 『편자의 시간』 『아가리』 『사람이 그리운 날』 『숨은 바다 찾기』 등이 있다. 수주문학상, 김만중문학상 등을 수상했다.

임동학

1966년 경북 울진 출생. 2015년 월간 『어린이문학』 등단. 동시집 『너무 짧은 소풍』이 있다.

정진실

2015년 『문학도시』 시 부문 신인상, 2016년 『부산시조』 시조 부문 신인상 등단. 시집 『봄밤의 바다는 하늘이 되었다』가 있다.

최백규

1992년 대구 출생. 2014년 『문학사상』으로 등단. 동인 시집 『한 줄도 너를 잊지 못했다』가 있다.

최지인

1990년 경기도 광명 출생. 2013년 『세계의 문학』 신인상으로 등단. 시집 『나는 벽에 붙어 잤다』, 동인 시집 『한 줄도 너를 잊지 못했다』가 있다.

현택훈

1974년 제주 출생. 2007년 『시와정신』으로 등단. 시집 『지구 레코드』 『남방큰돌고래』 『난 아무 곳에도 가지 않아요』, 음악 산문집 『기억에서 들리는 소리는 녹슬지 않는다』를 냈다. 4·3평화문학상 등을 수상했다.

# '콩 콩' 튀는 생명력과 우주적 상상력의 어울림

최재봉·한겨레 기자

최근 몇 년 사이 경상북도로 출장을 다녀올 일이 많았다. 그곳에서 작가들을 초청해서 벌이는 문학 행사가 자주 열렸기 때문이다. 경북과 이렇다 할 인연이 없는 나로서도, 자주 다니다 보니 지역과 그곳 사람들에게 정이 든 느낌이다. 청송 객주문학관의 김주영 선생부터 칠곡 할매 시인들까지, 경북 곳곳에는 문학이 살아 숨 쉬고 있는 듯하다.

주로 유명 문인 초청 강연 형식으로 치러지던 그간의 문학 행사와 달리, '울진 콩 기행'(2019년 10월 5~6일)은 여러 모로 참신한 시도였다. 한국 시단의 주역들인 시인 30여 명이 울진이라는 특정 지역을 답사하고 콩과 울진을 주제로 시를 써서 한 권의 시집으로 엮는다는 기획은 담대하고 매력적이었다.

이런 좋은 뜻을 누군가 시샘한 것인지, 날짜가 도와주지 않았다. 태풍이 할퀴고 지나간 울진에서 답사와 낭송 등 문학 행사를 떠들썩하게 드러내 놓고 하기는 저어됐다. 시인들은 풍수해 복구에 바쁜 주민들의 일손을 돕고픈 마음을 애써 누르며 울진의 이곳저곳을 조심스럽게 둘러보았다. 성류길 빵집, 월송정과 대풍헌, 왕피천과 민물고기생태체험관, 매화마을 이현세 만화 거리….

힘겨운 상황에서도 시인들을 맞이하고 대접하는 울진 사람들의 마음이 아리면서도 고마웠다.

그렇게, 아픔 속에 울진과 울진 사람들을 만나고 돌아온 시인들이 '따로 또 같이' 울진과 콩을 시로 노래했다. 특정 지역과 그곳 산물이라는 단일한 소재를 노래한 합동 시집으로는 아마도 첫 사례가 아닐까 싶다. 한국문학사에 사건으로 기록될 '울진 콩' 합동 시집 발간을 보며, 전국의 다른 지자체들도 자극과 영감을 얻게 되지 않을까.

성류길 빵집에서 졸업생 제자와 반가운 해후를 했던 이종암 시인은 태풍에 쓰러졌다가도 다시 서로를 부축하며 일어서는 울진 사람들한테서 콩의 당당한 생명력을 보았다.

태풍 미탁에 먹먹하게 상처 입은 울진의 사람들 쓰러진다고 그냥 포기는 없다 그날 내 눈으로 직접 봤다 바닷가 늙은 어부 찢어진 그물을 깁고, 산골에 홀로 남은 허리 꾸부정한 할머니 논에 쓰러진 벼를 일으키며 함께 일어서고, 물에 잠긴 시장 가게를 씻고 닦아 가게를 열어 손님을 맞이하며 그렇게 다시 산다 (…) 그들이 생명의 울진 콩, 콩, 콩 들이다. 가문 땅 위로 콩 싹이 나듯, 태풍 뚫고 왕피천에 연어가 돌아오듯 울진의 콩, 콩, 콩 들이 다

시 생명의 길 당당히 걸어간다

     - 이종암 「생명의 울진 콩, 콩, 콩」 부분


성류길 빵집이 포함된 울진콩6차산업클러스터사업단에는 콩을 재료로 삼은 식품을 제조하는 업체들이 여럿 소속되어 있다. 그들이 만드는 콩 제품은 된장(간장, 고추장 포함), 두부, 떡, 빵, 장아찌 등으로 다양했다. 화려하지는 않아도 우리네 밥상의 근간을 이루는 음식들이자 어머니의 손맛을 떠올리게 하는 그리움의 이름들이다. 생명과 살림의 먹을거리라고 바꿔 말할 수도 있겠다. 그런 점에서 콩은 생명의 근원이라고 해야 하리라. 울진을 다녀온 시인들 가운데 여럿이 콩의 그런 근원적 생명 가치에 주목한 것은 자연스러운 일이겠다.


먹을 양식이 턱없이 부족했던 시절
콩은 좁쌀보다, 보리쌀보다 더 소중한
식구를 살리고 후손을 만든 유일한 힘.


구십 할미 평생 좁쌀 한 줌 넣고 나물 한 줌 넣고
꾹죽을 끓이며
마지막으로 정성스레 담아 놓은 된장을 풀었다.

  - 남효선 「구십 할미 콩 모종 다시 심는 까닭은」 부분

외로움과 누추하게 마주 앉을 때
두부만큼 부드럽고 만만하게
목구멍을 넘어가던 게 또 있었던가

이렇게 맑아지려고 더 강해지는 길을
이렇게 사려 깊어지려고
흰 정성 한 톨 품어내는 끈기를
한 알의 콩은 알고 있었으니

고독은 부디
저 가을볕에 몸 섞는
단단한 콩알만큼만 여물어라

　　　　　　　　　- 박주하 「두부를 먹으며」 부분


　단단하게 여문 콩알이 부드러운 두부와 된장으로 바뀌어 우리네 몸을 살리고 마음을 덥히는 이치는 신비하고도 아름답다. 물과 불과 소금의 작용에 제 몸을 기꺼이 내주어 생명의 원천으로 구실하는 콩의 헌신에 감탄하고 감사하는 마음이 절로 든다.
　그런데 이런 능력과 가치에도 불구하고 콩알은 흔히 작고 보잘것없는 것의 비유로 동원되고는 한다. 특히 어린아이나 체구가 작은 사람을 가리켜 콩알만 하다고 표현하는데, 실제로 체구가 작은 두 시인이 콩알의 그런 뉘앙스에 주목한 것이 흥미롭다.


난 콩알만 해
엄마도 콩알만 해
선생님도 콩알만 해
(…)
심지어 우주도
우주 바깥에서
보면 콩알만 해
그러니까 이담부터
나보고 콩알만 한 게
뭘 안다고 이런 말
하면 안 돼요

— 유강희 「콩알」 부분


내 작은 몸을 두고
콩알만 한 놈이라고
놀리지 마세요
내 몸은 작아도
울진 앞바다 파도 소리가 쟁여져 있고
월송정에 솔바람 소리도 적혀 있어요

— 이병초 「콩알만 한 놈이라고」 부분

한편 '콩'이라는 낱말은 통통 튀고 떼구루루 구르는 콩알의 속성을 음성학적으로 적절하게 구현하고 있다는 생각이 든다. 간장과 된장과 고추장이 한자리에서 만나 서로를 몰라보고 서먹해할 때 "너희들은 다/콩씨네 핏줄이라고"(임동학 「콩씨들」) 알려주겠다는 시인이 '콩'의 기의(시니피에, 말뜻)에 주목했다면 「콩 콩 콩자로 끝나는 말은?」의 시인은 '콩'의 기표(시니피앙, 말소리)를 대상으로 삼았다 하겠다. 콩자로 끝나는 말은 물론 우선은 콩의 여러 종류일 테지만("잭과 콩나무 작두콩/다섯 개의 완두콩//고추장 된장 간장 메주콩/콩자반 콩가루 두부 콩죽 흰콩//콩나물은 나물콩/숙주나물은 녹두콩"), 시가 진행되면서 '콩'이라는 말의 음성학적 발랄함은 시인으로 하여금 콩과科 식물의 범위를 넘어 자유롭게 도약하고 거침없이 비약하게 만든다.

땅 땅 땅속에는 땅콩
딱콩 딱콩 하늘 나는 불콩

엎혔을 땐 가슴 콩콩
한눈에 반한 친구는 심장이 콩콩

콩콩 뛰는 스카이 콩콩
콩 중의 왕콩 킹콩

- 안상학 「콩 콩 콩자로 끝나는 말은?」 뒷부분

문신의 시는 통통 튀는 콩알처럼 자유롭고 발랄한 신화적 상상력을 보여준다. 두 시 모두에 '납작코 삼촌'이 나오지만, 정작 그 인물이 실제로 등장하지는 않는다. 「곰 잡으러 가자」에서는 '내'가 그 납작코 삼촌네 콩밭에서 따온 콩꼬투리에서 나온 푸른 콩 다섯 알로 푸른 곰을 잡아서는 "울울 진진 콩밭에서 콩을 따게 하"고 더 나아가 "쑥과 마늘 먹는 곰 말고/콩 먹고 사람이 된 곰 이야기를 다시 쓰게 하자"는 단군신화의 상상력으로 나아간다. 「밤새 콩알이 굴러다녔지」에서 납작코 삼촌은 사냥(곰 사냥?)을 나가서 돌아오지 않고 '나'는 밤새 콩을 깐다. 콩을 까는 장소인즉, 울진의 명소 월송정. 이 시에서 아직 콩이 들어 있는 콩꼬투리는 도깨비방망이를 연상시킨다. 이 요술 방망이를 휘두르면 금콩 은콩 알들이 튀어나와 구르는데, 그 금은金銀 콩알들과 함께 달과 별, 파도까지 밤새 굴러다닌다는 우주적 상상력을 시는 펼쳐 보인다.

월송정 솔밭 너머 별들이
밤하늘에 쏟아진 콩알처럼 또르르 굴러다녔지

달도 서쪽으로 기울어 떼구루루 굴러갈 것 같았지

모래 언덕에 차르르 쏟아진 파도가
달빛이 까뜨린 콩알처럼

또르르또르르
월송정 솔밭을 밤새 굴러다녔지
　　　　　－ 문신 「밤새 콩알이 굴러다녔지」 뒷부분

이렇듯 '콩'은 튀고 구르는 느낌을 수반함과 동시에 한 점을 찍
어 마무리한다는 상반되는 어감을 주기도 한다. 김경후의 시
「콩 맛」은 '콩'의 그런 속성을 살린 동시풍 작품이다. 특히 이 시
의 결말에서는 '콩'이라는 소리가 지닌 느낌과 볶은 콩의 고소함
을 중첩시킴으로써 소리와 뜻이 결합되는 모습을 보여준다.

　가장 동그랗고
　가장 까만 콩으로
　콩!
　아빠 엄마 잔소리에
　세상 모든 잔소리에
　콩!
　마침표 찍고 싶다.
　아, 고소해.
　　　　　－ 김경후 「콩 맛」 전문

콩이 워낙 친숙하고 만만한 곡물이어서인지 이 시집 안에는
김경후의 이 작품 말고도 동시적 발상에 기댄 시가 여럿 들어 있

다. 김남극의 「콩꽃」은 권태응의 잘 알려진 동시 「감자꽃」에 대한 오마주처럼 읽힌다. 제목에서부터 그러하지만 "하얀꽃 보라꽃/주황꽃 노란꽃" "노란콩 까만콩/보라콩 자주콩" 같은 구절들은 특히 「감자꽃」의 리듬을 강력하게 환기시킨다. 이 시의 백미는 마지막 연에 있다. "서로 만나 사귀었는지/알록달록 무늬콩"이라는 구절은 읽는 이로 하여금 웃음을 깨물게 한다.

안도현의 시 「콩자반」 역시 동시적 발상과 유머 감각을 아울러 지닌 작품이다.

콩아 콩아
까만 콩아
내 젓가락 끝에
매달려봐

매달릴 수 있어?
네 손을 뻗을 수 있어?

젓가락 끝에 안 매달리면
내가 냉큼 집어먹을 테야

— 안도현 「콩자반」 전문

이 시의 화자는 아마도 아직 젓가락질이 서툰 아이일 것이다.

아이는 제 서툰 젓가락질 솜씨를 탓하는 대신 "젓가락 끝에/매
달"리는 콩의 능력을 질문에 붙인다. 아이가 젓가락으로 콩을
집어먹을 수 있는지 여부는 아이의 젓가락질 솜씨 여하가 아니
라 콩이 젓가락 끝에 매달릴 수 있는 능력의 유무에 달린 것으
로 바뀐다. 사태의 교묘한 전도다. 이 시의 마지막 연 두 행은 귀
여운 협박으로 역시 읽는 이를 웃음 짓게 한다. "젓가락 끝에 안
매달리면/내가 냉큼 집어먹을 테야"라니! 콩으로서는 아이의
손에 잡혀 입으로 직행하는 사태를 피하자면 필사적으로(!) 젓
가락 끝에 매달려야 하는 것이다. 콩의 선택이 궁금해진다.

 '울진 콩 기행'은 울진의 콩을 중심에 놓은 여정이기는 했지
만, 시인들은 울진의 여러 명승지 역시 탐방의 대상으로 삼았고
시로 노래했다. 울진 토박이 시인 김명기는 타지 사람들에게는
생소할 무덤시 골짜기를 찾는다. 좀처럼 무뎌지지 않는 "칼끝
같은 마음"이 불만인 시인은 "세간의 불안을 끌어안고/여울처
럼 가쁜 생을 이어가는/티끌 같은 몸 하나/사는 일을 견디지 못
하고 부러진/굵은 전나무 밑동 아래/그만 부려놓고 싶었다"(「무
덤시 골에서」)고 토로한다. 윗동네 강원도 평창에서 온 김남극
시인도 김명기 시인과 심사가 비슷했던 모양이다. "바닥이 보이
는 날", 부처님 그림자를 친견하고 슬픔을 여의고자 불영사를
찾았던 그는 그러나 불영佛影을 보는 데에 실패하는데, 그렇다
고 소득이 없었던 것은 아니다. "슬픔의 깊이만 배우고 돌아선

순간" 시인은 "천축산 부처님"을 보고, 마침내 "부처님 그림자" 역시 보게 되지 않겠는가(「불영사에 가서」). "여기는 폭풍 속입니다/등대처럼 서서 우산을 기다립니다"(박주하 「죽변리에서」)가 비바람 몰아치던 죽변 <폭풍 속으로> 드라마 세트장의 기억을 소환한다면, 울진과 이웃한 영주의 시인 박승민은 이른 아침 죽변 어판장의 활기와 맛에 주목한다.

> 헐떡거리는 리어카와 경매사의 손놀림과
> 오징어 배를 벌써 갈라놓은 후포댁의 빠른 칼놀림
> 칼질보다 더 들썩거리며 한입 가득 문,
> 소주와 초고추장에 묻은 동해의 살맛
>
> 죽변의 맛
>
> ― 박승민 「죽변 어판장」 부분

이 밖에도 대풍헌(김륭 「울진 콩들은 꿩꿩 꿩처럼 울지」), 백암온천(박승민 「울진 매화마을 콩을」), 왕피천(김창균 「울진이라는 곳」), 금강소나무숲길(이장근 「나처럼 걸어 봐」) 등 울진의 명소들이 이 기행을 통해 새로운 노래들을 얻었다. 박구경 시인은 아예 「시로 쓰는 기행문―울진 스토리텔링」이라는 작품에서 동료들과 함께 했던 울진 콩 기행의 전체 여정을 정감 어리게 정리한 다음 동료 시인들에게 이렇게 당부한다.

그리움이 푸른 파도로 출렁이는 시를
쓰고 노래하며 오래 느껴볼 일이다

언제고 아른거릴 것만 같은 희부옇고 그런 것
　　　－ 박구경 「시로 쓰는 기행문-울진 스토리텔링」 부분

　'울진 콩 기행' 참여 시인들의 합동 작업은 이 시집 『밤새 콩알
이 굴러다녔지』로 일단락되었지만, 그것으로 울진 콩 스토리텔
링이 모두 끝난 것은 아닐 것이다. "그리움이 푸른 파도로 출렁
이는 시"는 이 시집 이후에도 언제고 시인들의 마음속에서 아
른거리며 번뜩이지 않겠는가. 그런 시인들을 향해 울진 콩이 감
사의 마음을 담아 이렇게 노래하는 것만 같다. 자연과 인간사가
어우러지고 '서정과 서사'가 버무려진 작품이자 이 합동 시집 전
체의 주제곡에 해당하는 '노래'로서 손색이 없다.

콩알 같다고 무시하지 마라
햇빛 달빛과 새소리
왕피천 물소리와 동해 바람
서정과 서사의 굴곡진 길
용케도 지나왔으므로
나는 비로소 이름 하나 얻었다.
비록 짧지만 고소한 노래 한 곡 얻었다
　　　　　　　－ 이종주 「울진 콩의 노래」 부분

일러두기

＊안도현 시인의 시 「콩자반」은 동시집 『냠냠』(비룡소, 2010)에 수록된 작품입니다.

지역음식시학총서1    경북 울진

# 밤새 콩알이 굴러다녔지

2019년 12월 30일 1판 1쇄 찍음
2020년 1월 10일 1판 1쇄 펴냄

엮은이 | 안도현 외
책임편집 | 걷는사람
펴낸곳 | 걷는사람
그림 | 최연택
주소 | 서울 마포구 월드컵로 16길 51 서교자이빌 304호
전화 | 02 323 2602
팩스 | 02 323 2603
등록 | 2016년 11월 18일 제25100-2016-000083호
ISBN | 979-11-89128-67-8
       979-11-89128-64-7 [04810] 세트


* 이 책 내용의 전부 또는 일부를 재사용하려면 반드시 지은이와
  울진콩6차산업클러스터사업단과 출판사의 동의를 얻어야 합니다.
* 잘못된 책은 교환해 드립니다.
* 이 책의 국립중앙도서관 출판시도서목록(CIP)은 서지정보유통지원시스템
  홈페이지(http://www.seoji.nl.go.kr)와
  국가자료공동목록시스템(http://www.nl.go.kr/kolisnet)에서 이용할 수
  있습니다. (CIP제어번호: 2020001219)